Papel certificado por el Forest Stewardship Council®

MIXTO
Papel procedente de
fuentes responsables
FSC® C117695

Título original: *Red Knit Cap Girl To The Rescue*
Primera edición: febrero de 2019

© 2013, Naoko Stoop
Las ilustraciones para este libro fueron realizadas en acrílico, tinta y lápiz sobre madera contrachapada.
Diseñado por Saho Fujii con la dirección artística de Patti Ann Harris.
Diseño de cubierta: Saho Fujii
Ilustración de cubierta: Naoko Stoop
© Cubierta, Hachette Book Group, Inc. 2013
Publicado con el consentimiento de Little, Brown Books for Young Readers

© 2019, de la presente edición en castellano:
Penguin Random House Grupo Editorial, S.A.U.
Travessera de Gràcia, 47-49. 08021 Barcelona

Printed in Spain – Impreso en España

ISBN: 978-84-488-5191-0
Depósito legal: B-25942-2018

Impreso en SOLER
Esplugues de Llobregat (Barcelona)

BE 5 1 9 1 0

Penguin
Random House
Grupo Editorial

POPPI, LA NIÑA DEL GORRO ROJO, AL RESCATE

NAOKO STOOP

relaxed
must be
ncentration.
is a power
from both but they are only
pirations of creative
wrestling with the
its spontaneous
mptation—

Es un día ventoso en el bosque. Poppi, la Niña del Gorro Rojo, y sus amigos juegan juntos.

"¿Qué es eso que hay en el agua?", pregunta Poppi.
Y mira a través de su telescopio.

"¡ES UN CACHORRO
DE OSO POLAR!"

"Necesita nuestra ayuda", dice Poppi.

"¡Vamos, Conejo Blanco!"

Poppi y el Conejo Blanco llevan al cachorro de Oso Polar
al bosque.
"Tu familia y amigos deben de estar buscándote",
dice la Niña del Gorro Rojo.

Esa noche, Poppi llama cuidadosamente a la Luna.
"Luna, estamos intentando encontrar a la familia del cachorro de Oso Polar. ¿Puedes ayudarnos?"

La Luna sonríe y dice:
"El cachorro de Oso Polar no pertenece a nuestro bosque.
Debes llevarlo al Norte, donde hay hielo y nieve y hace
frío durante todo el año."

Al día siguiente, Poppi construye un robusto bote. El Oso, el Erizo y la Ardilla también quieren ayudar y fabrican la vela.

Navegan hacia el Norte en busca del hogar del cachorro de Oso Polar.

"Espero que no esté muy lejos...", dice la Niña del Gorro Rojo.

"Sigue la luz de la Luna", le recomienda el Búho.

Navegan y navegan hasta que topan con una tormenta.
Nubes oscuras cubren el cielo.

"¡AGÁRRATE FUERTE!"

Poco después, las nubes se despejan y unas
simpáticas Orcas les guían para encontrar
la corriente que ha de llevarles al Norte.

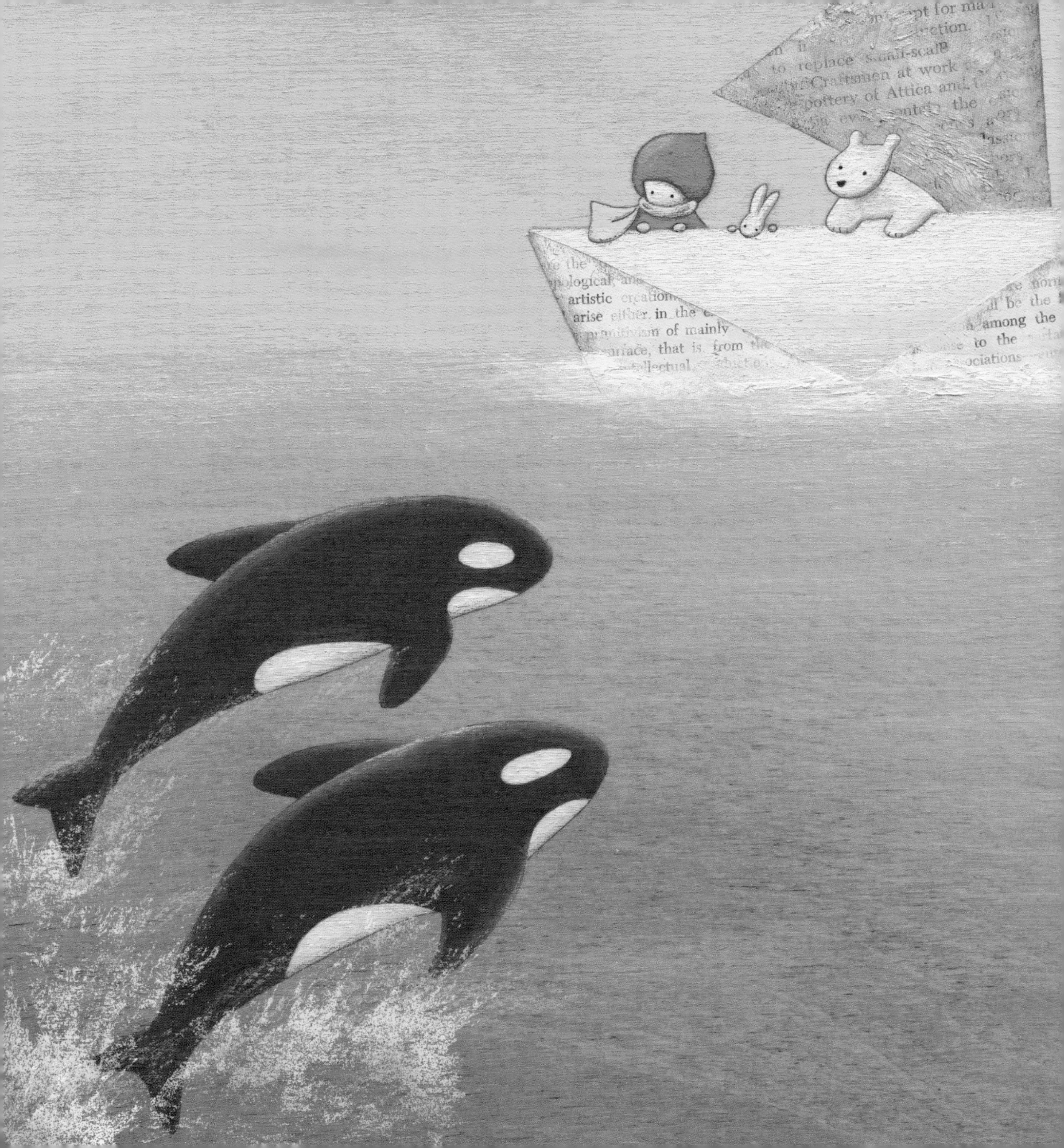

A medida que viajan y se acercan al Norte, el aire se enfría
y el cielo se llena de luces de colores.
"¡Qué hermoso!" dice Poppi, la Niña del Gorro Rojo.

Poppi se pregunta si sus amigos del bosque están mirando el mismo cielo.

A la mañana siguiente, llegan a una tierra
formada por hielo y nieve.

"¿Este es tu hogar, cachorro de Oso Polar?",
le pregunta Poppi.

El cachorro de Oso Polar mira a su alrededor.
No parece que haya otros osos polares por aquí...

Entonces oyen que algo viene hacia ellos.

¡Mamá!

La mamá y el cachorro de Oso Polar agradecen a Poppi
y al Conejo Blanco el haber llevado al cachorro a casa.

Ha llegado la hora de que la Niña del Gorro Rojo y el
Conejo Blanco regresen al bosque.
"¡Adiós, cachorro de Oso Polar, siempre recordaremos
nuestro viaje juntos!"

Y volaron hacia el cielo estrellado.